아름다운 거짓말

아름다운 거짓말

김영기 시조집

정은출판

| 시인의 말 |

흠모하던 그 님은 동심에 사시던 분
가장 잘하는 말은 거짓말이라더니
마지막 남긴 한마디 서로 사랑하세요

동심에 산다는 나 시 속에 쏟아낸 말
모두가 언행불일치 그게 예술이라고
숨은 꽃 보물찾기하듯 찾아 헤맨 반평생

끝내 님에 기대어 위로받고 찾은 보물
엄동에 피어나는 얼음새꽃 삼은三隱이라
내 평생
주고 주어도
아쉬움만 남으리

2022년 여름
김영기

차 례

제2부

라미의 연가

제3부

그래, 행복이야

제4부

세상에, 세상에나!

제1부

수국의 한살이

안부

작시 2

나그네새

아득한 유산

설중매

수국의 한살이

개복숭아 익을 무렵

보리탈

종부의 봄날

그믐치

노익장

낙화

아름다운 거짓말 1

아름다운 거짓말 2

아름다운 거짓말 3

아름다운 거짓말 4

아름다운 거짓말 5

아름다운 거짓말 6

안부

봄 햇살
환한 자리
속의 말 밀어 올려

겨우내
접어뒀던
꽃잎으로 전한 안부

모두가
살아있다고
꽃 등 밝힌 에움길

작시 2

석삼년 버려뒀던
초고를 다시 보니

죽었던
태역둥이*
되살아
갸웃한 눈

혈기를 되찾으려던
침 자리가
빨갛다

*태역둥이 : 죽어서 잔디를 덮으려는데 살아난 유아를
일컫는 제주어

나그네새

버거운
몸
비우며
길 떠날 채비 하며

'푸드덕'
고요 위로
떨구는 깃털 하나

지상의
어디쯤에다
이정표를 찍는가!

아득한 유산

누룽지에
갉아 먹힌
모지랑
놋숟가락

묵정밭에
몽그라진
쇠스랑
열 손가락

열 꼭지
엮고도 넘칠
모지랑이
옛 얘기

설중매

꽃으로
보지 마라
설중매 하얀 꽃잎

혹한을 녹이는
몇 날 긴
열병 끝에

사모의
핏줄이 터져
뿜어대는
하얀 피

수국의 한살이

유년은
참 연두색
청년은
진 파랑색

장년은
분홍으로
노년은
다시 연두

그대는
어느 굽이를
허위허위 가는가

개복숭아 익을 무렵

개복숭아
물씬 익어
알레르기
도지는 밤

여닫이 여린 불빛
꽃잎인 듯 어른댈 때

배고픈
부나비들이
키질한다, 바르르

보리탈

대 끊었다
칠거지악
층층시하
눈총 속에

딸딸이
공주 엄마
세상 떠나
남긴 전설

한 서린
젖꼭지만 남아
오돌톨한
보리탈*

*보리탈 : 멍석딸기 제주어

종부의 봄날

꽃무늬 유똥치마
봄 누리에 가물가물

무심한 동지*마저
하늘 멀리 아롱아롱

낀 눈곱
뗄 겨를 없이
기제사에 묶인 종부

*동지 : 배추꽃 제주어

그믐치

조모님 한평생을
꽃처럼 살지 않으셔도

무궁화 흰색이 고와
무명 치마 바라시다

윤유월
그믐 기일에
날실 씨실 잣는다

노익장

맞을수록 더 꼿꼿한
팽이를 쉬 보지 마

담금질 끝 강철처럼
연륜이 늘고 쌓여

날 세워
바람을 베는
빙폭의
말간 척추

낙화

징징징
울음소리
귓전에 걸어놓고

남길 말
너무 벅차
다문 입 열지 못해

두 볼에
하얀 미소로
매화꽃을 피운다

아름다운 거짓말 1

휘영청 달빛 아래 선유교를 거닐었지

신화 속의 선녀가 예서 보니 그대 모습

선현의 삼은*을 따서 왕관을 씌워 주었지

*삼은: 三隱이란 '용은容隱' '규은閨隱' '환은患隱'으로, '용은'은 부모나 스승 또는 웃어른의 죄를 숨겨주는 것이며, '규은'은 아가씨가 밉더라도 예쁘다고 말해주는 것이며 '환은'은 불치의 환자에게 소생할 수 있다고 거짓말하는 일이다. 여기에 나는 성적이 부진한 학생에게 '칭찬은 고래도 춤추게 한다'는 교은敎隱을 더 했다.

아름다운 거짓말 2

요양 중 산책길에
간만에 만난 친구

"아팠냐? 삭았구나!"
진정 어린 위로보다

"10년은 젊어 뵌다!"는
입발림이 좋아라

아름다운 거짓말 3

장미꽃 피어나도 그대가 더 예뻐요

뒤태가 아름다워 내 맘이 더 끌려요

세상에! 그 같은 찬사
당신께만 첨 들어요

아름다운 거짓말 4

"힘내라, 하면 된다!"
"안 되면 되게 하라!"

유신 적에
따라 해도
손해 본 일
없었는데

코로나 팬데믹 세상
숨구멍조차 없더라

아름다운 거짓말 5

"못 해요!"
"할 수 있어!"
뜀틀 날아 훌쩍 넘고

"음치요!"
"잘하는데…"
합창 단원 되었네

그 옛날 소크라테스식
아름다운 산파술

아름다운 거짓말 6
-부부 나무*

두 몸이 한 몸처럼
서로 기대 살아가기

몇백 년 흐른 뒤에야
그 뜻을 이뤘다는

그 말씀
따라서 한다

비둘기가
굿
굿
굿

*부부 나무 : 경남 산청 남사예담촌 부부회화나무

제2부

라미의 연가

음~

음~속에 오묘한 맛
미식의 그 어떤 맛

표정을 읽어봐도
뜻 모를 난해한 맛

둘이서
함께 느끼는
이 맛이야, 혀르가즘*

*혀르가즘 : '~의 극치를 뜻하는 혀와 오르가즘의 합성어'

닮은꼴

학교로만 가지 뻗는
동복리* 팽나무는

쓸고 쓸어 닳고 닳은
몽당비 똑 닮았어

굽은 등
펼 겨를 없는
상군해녀 할머니

* 동복리 : 제주시 구좌읍 동복리에 김녕초등학교
동복분교장이 있음

명자꽃

무심히 긁어 쓰는
신용카드 예금처럼

내 곁에 있을 적엔
불러보지 못한 이름

올봄도
언제 갔는지
도장지만 남았다

음용불가

콜레라
창궐할 때
쳐 놓은 새끼 금줄

마스크
눌러쓰고도
못 건널 음용 불가

전설도
남기지 못할
내 노년의 우여샘*

*우여샘牛女泉 : 견우와 직녀 이름에서 따온
제주시 동광양에 있는 샘

칸나의 사랑

부나비
타는 사랑

덴 상처 아무는데

이제는
피든 말든

관심 밖의 일인데

재 되어
흩뿌린 곳에

꼬다케 핀 걸
어떡해!

라미의 연가

장독대에 꽃 피우기

담장 밑서 노래하기

내 노래 먼저 보낼 게
네 향기 보내줄래?

상사화
꽃과 잎처럼
귀뚜라미
맨드라미!

달팽이 연서

장미 덩굴
돌담 따라
연서 몇 줄
남겼는가!

첫새벽
끊기듯 이은
점자로나 읽힐
문양

뜨겁게
몸, 몸 사르며
밑줄 그은
그 맹세

밤매미

잘 밤인들 못하랴
염치불고 불러댄다

그녀는 귀머거리
아니면 새침데기

솥강알* 불씨 살리듯
쑤셔댄다, 밤새낭*

*솥강알 : '아궁이' 제주어
*밤새낭 : '밤새껏' 제주어

그리움

내 가슴의
잉걸불을
어쩌자고 헤집는가

뜨락의 샐비어도 풀무질에 뜨거운데

미물인
지렁이까지
왠 소동인가, 자살극

착한 세상

벌어져 아름다운
석류의 속 알갱이

떨어져 은혜로운
도토리 영근 열매

남겨서 까치밥이라,
나는 무얼 내주나!

오고 또 온다

뭇 시인이 읊고 간
봄날은 간다
봄날은 간다

차라리 흔적 없이
후련히 떠나기를

도지는
켈로이드*처럼
치유 못 할 그 애증

*켈로이드 : 흉터에 생기는 피부질환

시들다

시든 꽃엔
벌 나비
날아들지 않아도

시 든
단풍잎을
흔드는 바람 소리

시월이
시들어 가도
시
들어
고와라

함박눈 단장短章

더
이상 눈이 아니
첫
사랑도 아니 아니

자유로운 영혼의
나비춤은 더욱 아니

가벼워
무거운 것이
죽비소리
툭,
툭,
툭,

분 냄새 분분분

표정이 서툴러서
책잡혀 돌아서면
품어 온 사모의 정
저 꽃잎 어쩌지요?

그 봄날
아찔한 고백
분 냄새만
분
분
분

어떤 출혈

봄여름 날 선 철망
명지바람 껴안다가

벼락 맞고 어떠불라*
악악대는 비명소리

DMZ
저 단풍잎에
실핏줄이 터진다

*어떠불라 : '앗, 뜨거워!'의 제주어

독설

깨어진
그릇의 날
오해가
불거진 날

원형을 이탈하여 베이는 칼의 근성

갑 속에
잠든 칼이여!
온전함의
평화여!

십이월

먼 훗날
널
또다시

기억할 수 있겠니?

사랑의
그 깊이를
보낸 후
가늠하는,

해마다
그랬던 것처럼
날갯짓 멈춘
굴뚝새

흔들림에 대하여

나뭇잎 흔들림은
바람이 있기 때문

내 마음 흔들렸음
그대가 없기 때문

님 사랑
중심에 있어
난 미동도 없어라

제3부

그래, 행복이야

거울
-불영사에서

종소리
목탁 소리
수련 잎에 내려놓고

얼비친 부처 바위
하늘에
그려낸 곳

길 찾는
저 기러기도
물무늬를 남긴다

개화

3 · 4월 뒤집는
반란의 함성인 듯

불임의
긴 터널을
밝혀놓은
개벽 천지

잠이 깬
갑년 원혼의
오시는 길 밝힌다

당간

더듬어 가는 길에
칠야의 등불이듯

하늘을 꽤 찰 듯이
고개 들라하는 당간

법주사
붉은 단풍이
당기처럼 일렁일 때

선문답

어느 누가
내 자취를
기억해줄 것인가?

"너는 나의 무엇을 새기고 가려느냐?"

귀갓길
지우며 가는
백운계곡
청설모

고분 벽화

사각의 옹벽 면에
벽화를 그려놓고

관속에 누워서도
왕국을 꿈꾸시나

주형의
틀에 갇혀서
화석이 된 이름이여

거룩한 경전

꽃이 곱다
뽐내더냐
봐 달라고
조르더냐

곱다 밉다
좋다 궂다
사람들만
난독인걸

바람이
꽃의 경전을
분향하며
읊는다

철새 군무

거대한
붓이 되어
사이를 가늠하며

점으로 흩뿌리는
빈 하늘의
점묘화

시공의
아슬함이여!
흰 여백의
블랙홀

숨, 숨비

목숨을 건 간절함은
바다의 기도였고

받은 숨 참아냄은
땅 위의 사랑이리

그 장경
숨으로 읽는
숨비기가
파랗다

오음계

만송과 부용사이*
오선 긋고 흐르는 강

지우며 다시 쓰는
미완의 붉은 연서

오음계
뜯어
피우는
푸른 솔 위 꽃 한 송이

*하회마을 만송정 솔숲과 강 너머 부용대

그래, 행복이야

네 잎
행운
클로버에
속절없이 가는 봄날

세 잎
행복
클로버 따
꽃목걸이 엮노라니

첫눈에
첫 만남인 듯
흰 나비가
팔랄랑

품

낙엽이 가는 길도
어머니 품속으로

그 같은 세상 이치
평생 찾아 헤매는 이

만추의
풍경이 불러
산의 품에 안긴다

해바라기

고흐의 그림인 듯
해바라기 조화 한 점

죽어서 만년을 살
미라의 표상이다

어느 날
태양신으로
떠오리란 푼크툼*

*푼크툼 : 똑 같은 작품을 보더라도 작가의 의도한 바를 그대로 느끼는 것이 아니라 자신의 경험에 비추어 받아들임을 뜻함.

돌계단

데깍하던* 돌계단이
틈을 내 꽃 피우듯

백수연 숙부님의
왕고집도 그러신가

무시로
날아든 홀씨
무성하다, 검버섯

*데딱하다 : '굳어 단단하다' 또는 '고집이 세다'는 뜻의 제주어

생활 철학

-절망한 자들은
대담해지는 법이다

-무식한 자들은
통이 더 크더라고!

니체의
고상한 말씀

조부님
지당한 말씀

나대지 마

철학이 하나 없다
나무람 받는 것을

개똥도 철학한다는 걸
알고 나서부터이다

툭하면 철학 한다고
나대지 마, 뚜럼아!

호곡장

그의 뜻
못 헤아려
주저앉은 엄 바위에

피보다
더 붉다는
단풍 문장 익을 즈음

만인의
동병상련을
풀어 놓는 풀벌레

위풍당당

아내를 받들어야
가정이 평화롭다

아니다, 아니라며
떠받은 나부裸婦 상 위

만고에
위풍당당한
전등사
팔삭지붕

반지하 인생

내 머리 딛고
선다
내 가슴 밟고
간다

오늘도
야속하게
별뉘마저
묻힌 하루

길 찾는
귀뚜라미가
촉수 들어 올린다

제4부

세상에, 세상에나!

아니다

화염의 랩소디냐?
들불 축제 불꽃이냐?

아니다!
자존심도 타버린
숭례문 참사*

천붕을 가슴에 묻는
슬픔의
저 불꽃

*2008. 2. 11 숭례문 화재 후 4년만인 2012. 3. 8 상량식을 가졌다.
숭례문이 불탄 후 과거의 성문 모습을 볼 수 있는 곳은 창의문과 흥인지문 뿐.

얼음새꽃

풀씨 같은
동포들을
북송하지 말라고

뜨거운 몸 사르며
빙판길 틈새 뚫고

오성기
칼바람에도
얼음새꽃 피운다

* 2012. 3. 5 이애란 탈북여성 1호 박사가 서울 종로구 효자동 중국 대사관 인근에서 탈북자 강제 북송을 반대하며 12일째 단식농성을 벌였다.

부르르

40분
말미라니,
세상에 이럴 수가

전파 싣고
오는 풍랑
땅끝까지
부르르

꽃 소식
띄우다 말고
멍 해버린 이어도

* 2016. 2. 10 개성공단 폐쇄

이상 있음

솔숲에 이상 있음
핏빛 울음 우는 새

세상에, 세상에나!
스러지는 낙락장송

누구의 하얀 밥으로
소신공양하는가

* 2013년 9월 남부지방을 중심으로 급격히 확산되기 시작한 소나무재선충은 남해안 지역과 경북 동해안지역, 제주도 등지로 퍼졌다. "2015년 현재 속도로 재선충이 퍼지면 앞으로 3년 안에 소나무가 한국에서 사라질 수 있다"고 경고한 바 있다.

목련은 피고 지고

백목련 저리 지는데
끝내 오지 않는 그대

꽃바람願 멍든 자리
다시 피운 자목련

팽목항
바닷길 향해
가슴마다 켜 논 촛불

* 2016. 4. 16 세월호 해난 사고 시 낮 뉴스에 "전원 구출됐습니다!" 했는데 선장은 선원과 함께 탈출하고 애먼 학생들만 희생된 미스테리한 사건에 대하여 진실 규명하기는 아직까지 진행 중이다.

악!

세상에 이럴 수가

악!
소리에
묻혀지고

몇 분이면
라면 때울
짬도 없는 계약인가

스르르
저승 열차에
몸 싣는 알바생

* 2016. 5. 28 스크린도어 수리공(19)이 구의역에서 스크린도어 사이에 끼여 숨졌다.

차바*

차려면
차보라지

자존심을
건드렸나!

난바다 메다치는
괴력의 몹쓸 몽니

발 동동 성찰의 꽃만
띄워 놓고
둥
둥
둥,

* 차바 : 2016. 10. 5 제주와 남해안을 강타한 역대
최강이라는 가을 태풍

순교의 꽃

14처 묵상 중에
세상에 이런 일이!

무비자
입국에다
묻지 마* 광란인가

남 먼저
십자가 지어
순교 꽃이 된 여인

* 묻지 마 살인 : 2016. 9. 13 관광 목적으로 무비자 입국한 피의자 중국인이 제주시 연동의 한 성당에서 혼자 '십자가의 길' 기도를 하는 60대 여성을 살해했다.

꼬끼오*

"꼭 기억~"
"꼭이오~"
잊지 말고 기억해줘.

세상에
이런 일이
적계
흑계
목이 메요.

아서라,
그보다 더한
대량학살 어떡해

* 조류 독감은 2003년에 처음 발생했는데 2017년 닭의 해에는 새해 벽두부터 닭의 수난 시대임을 예고하듯 3천여만 마리를 살처분했다.

점령군

토박이 참새 떼
종종종 꽁지 빼고

평화군 비둘기도
질려서 주억주억

캇캇캇
칼질해대는

까치 두엇
그 폭거

* 1989년 모 항공사의 제주 취항을 기념해 방사한
50여 마리의 까치가 현재 15만 마리 이상으로 번식해
각종 피해를 주는 흉조가 되고 있다.

유리 거미

암벽 타기 호사도
빙벽의 꽃도 아니

허공에 외줄 타는
남사당 춤도 아니

차가운
유리 벽 위에

비문 쓰는
왕 거미

* 2017. 6. 8 양산의 한 아파트 12층 외벽에서
실리콘으로 베란다 창틀 보수 공사를 하는데
시끄럽다는 이유로 밧줄을 카터로 잘라버려 추락,
5자녀를 남겨두고 사망하는 사고가 발생했다.

눈부처로 남아

생애 첫 실습장에
떨어진 꽃 한 송이

촛불을 밝혀놓고
진혼가를 부르나니

삼무*의 현장을 밝힐
눈부처로 남아라

* 삼무 : 무책임 · 무능력 · 무대책
* 2017. 12. 9 서귀포산업과학고등학교 이민호군(18)이 음료제조업체에서 현장실습을 하다 적재기에 몸이 끼이는 사고를 당해 열흘간 병원 치료를 받다가 숨졌다.

불똥 튀다

칼바람에 무리 지어
꽃 피운 게 반란인지

코로나 바이러스와
연좌제로 묶어놓고

총 아닌
트랙터로도
싹 쓸어내니
참 쉽다

* 2020. 4. 8. 가시리 유채꽃밭을 찾아드는 상춘객들의
코로나19 전파를 방지하고 주민 안전을 위하여
트랙터로 갈아엎었다.

위리안치
-코로나19 시대

목마른 자
생수 같은
면회마저
금지라니

갈라진 혈육의 정
목메는 뻐꾸기들

현대판 위리안치에 투병하는 어머니

* 2019년 12월 중국 우한시에서 발생한 바이러스성 호흡기 질환으로 '코로나19'라고 한다. 2020년 3월 세계보건기구가 팬데믹을 선언했으며, 2021년 1월 26일, 전 세계 확진자가 1억 명을 돌파했다.

꺾인 꽃봉오리

기우뚱대던 그 날 오후

하필이면 그 시각에

대명천지에 날벼락이지

애먼 버스 덮치나

못다 핀 꽃송이런가!

가슴에 묻은 봉오리

* 17명의 사상자를 낸 광주 동구 학동 재개발 건물 붕괴 참사. 2021. 6. 14 초등생을 마지막으로 사망자 9인의 장례를 마쳤다.

소풍

"소풍 가요." 한마디에
하늘 소풍 보낸 엄마

어른들은 무서워요

울 아빠도 싫다고요

세상에 하지 못한 말

장맛비로 내린다

* 장수명 시사 동화집 『온정이』 중에서, 2013년 밀양 아동학대 사망사건을 소재로 한 「소풍 가는 날」을 패러디한 것임.

멸치를 위하여

바닷길 덫이라는
죽방렴에 걸린 멸치

튀김
조림
볶음
무침
미각 공양하고 있다

복마전
멸치 신세가 된
내 사람을 위하여

피고 핀다

통째로
떨어져서
땅 위에
두 번 피고

그리는
가슴마다
멍으로
세 번 핀다

추념일*
눈물의 배지
그대 향한
동백꽃

* 추념일 : 4 · 3 희생자 추념일

해설

고정국(시인)

관찰과 성찰

-김영기 시조집『아름다운 거짓말』의 행간 더듬기

고정국(시인)

◆ 날마다 새로운 만남

시인은 자기를 포함한 모든 대상을 거울로 바라보는 사람입니다. 그 거울은 미시적 거시적 변화를 반복하면서 우리의 내면을 밖으로 내 비추며, 외면의 세계를 다시 내면의 세계로 끌어들입니다. 또한 그 거울을 통하여 우리의 과거 현재 미래의 모습을 투사 또는 탐색해내기도 합니다.

이처럼 우리의 몸짓과 언어는 곧 타인으로부터 메아리가 되어 돌아오게 되는 것입니다. 인간은 다름 아닌 거울을 보고 흉내 내기를 거듭하며 만들어지는 것이라 할 수 있습니다. 〈나〉는 수많은 〈타인〉들의 모임인 동시에, 또한 이 〈나〉는 수많은 타인들 속에 스며들어 있는 것이 되지요. 결국 거울이 있음으로 해서 인간에게 더 정확한 의미가 주어지는 것이 아닌가 생각할 수 있습니다.

자아의식이 없는 인간이란, 좁은 의미에서 인간이라는 단어의 정의에서 벗어나는 것이며, 이미 인간이 아닐 수도 있는 것이지요. 단순한 유리조각만이 거울이 아니라 세상 모든 것이 나의 그 어떤 일면일 수 있으며 나의 내면의 한 형상일 수 있다는 것이 우리는 수많은 예술작품들을 통해 확인받을 수 있습니다.

아침마다 만나는 모든 것, 일테면 책상 위에 나뒹구는 몽당연필에게 조차도 시인들은 인사를 합니다. '인사'란 한 마디로 나와 타와의 경계선을 허무는 마음의 표상입니다.

설 연휴가 끝난 토요일, 정든 나의 창을 통해 품속으로 아침이 들어왔습니다. 이처럼 날마다 이 창가에 앉아 태양을 영접합니다. 아침과 창은 바로 새로운 날을 시작하는 내 마음의 창과 연결되어 있습니다.

그리고 입춘인 오늘, 그 창에 앉아 김영기 시인의 저서 『동심은 나의 힘』을 읽으면서. 반생을 훨씬 넘도록 동심 속에 피워낸 더욱 싱싱한 꽃송이들을 만납니다.

"봄비에 헹궈야
소리가 나나?

비 멎자 들려오는
호루라기 소리

아이들 불러 모아
뽐내면서

진달래 동산에나
나와서 불지

개구쟁이 빼앗을까
숨어서 부나?

- 호 호르르
- 호 호르르."

시인의 첫 동시집 속의 「휘파람새」를 만납니다. 이

처럼 작품 읽기란 그 글을 쓴 시인과의 깊은 만남을 뜻합니다. 이 작품을 통해 마치 새로운 아침을 김영기 시인과 함께 만나는 기분입니다. 동심에는 있는 그대로 만나는 거울처럼 투명함이 있습니다. 동시를 읽다 보면 동시 쓰는 이들이야말로 오늘 저 태양과의 만남처럼 매사 첫 만남의 기쁨을 누리는 자들이라 부러움을 금할 수가 없습니다.

어둠과 빛의 접점, 바다와 육지의 접점, 인간과 인간, 인간과 자연의 접점에 존재하는 갖가지 이질적인 것들과 대면하면서, 그 반대편에 존재하는 저들 나름의 동질성을 찾아내어 읽는 이들을 즐겁게 해주기도 합니다.

◆ 체험과 인식의 사이에서

의식의 눈을 통해 자연을 바라보는 시인의 눈! 자연의 몫과 사람의 몫을 구분 짓는다는 것, 시인은 그 경계를 따로 구분 짓지 않습니다. 주변의 사물들 즉 자연과 마음을 섞어 지낸다는 사실, 한 줄의 시로 표현하기까지, 시인의 삶은 체험→ 사유→ 인식의 과정을 거칩니다. 이러한 몰두 속에서 시인은 그 생각의 결론에 이르면서 마침내 지적 윤리적 생활을 영위해 간다는 목적지에 도달해 가는 것 같습니다.

봄 햇살
환한 자리
속의 말
밀어 올려

겨우내
접어뒀던
꽃잎으로
전한 안부

모두가
살아 있다고
꽃등 밝힌
에움길

-「안부」 전문

결국 "속의 말/밀어 올려" 하얀 목소리로 인사하는 에움길 꽃송이를 이 작품을 통해 까맣게 잊고 살았던 내 유년의 들꽃 친구들과 재회의 즐거움을 나누게 되었습니다. "모두가/살아있다고" 겨우내 추위를

견뎌온 자들의 맨 먼저 주고받는 언어가 바로 '안부'라는 것을 김 시인의 작품을 통해 확인받습니다.

사람은 따뜻한 온혈동물입니다. 요즘처럼 추운 날씨에 잠을 잘 때는 따뜻한 이부자리를 원하게 됩니다. 마찬가지로 정신적 피안처인 자연은 우리의 영혼을 감싸주는 포근한 담요와 같은 역할을 해줍니다.

'일깨움'이란 낱말을 찾아보면, "일러 주어서 깨닫게 하다"로 사전이 나에게 일러주고 있습니다. "모두가/살아있다고" 일러주는 작품 속 휘파람새가 김영기 시인의 작품 속에 들어와 코로나 팬데믹으로 잔뜩 움츠려 있는 우리에게 새로운 활력을 불어넣고 있습니다.

◆ 자연 읽기 세상 읽기

일반적으로 '읽다'라는 말을 접할 때마다 그 읽는 대상을 오로지 '책'으로 단정하기 쉽습니다. 그러나 시 쓰기 위해, 아니 글을 쓰기 위해 맨 먼저 체험해야 하는 것이 바로 자연 읽기를 들 수 있습니다. 그 구체적 방법의 하나로 관찰일기입니다. 만년에 접어든 필자 역시 초등학교 여름방학 숙제에 썼던 관찰일기로 담임 선생님께 칭찬을 받았던 기억을 60년 넘게 간

직하고 있으며, 그토록 아주 작은 기쁨의 체험이 오늘날 글 쓰는 사람으로 남아 있게 한 것 같습니다.

자연의 법과 질서는 말 그대로 '자연스러운 것'입니다. 살아있는 것 옆에 죽어있는 것을 눕히고, 착한 것 옆에 모진 것을 세우고, 암컷 옆에 수컷을 세우고, 사랑 옆에 미움을 준비하고, 어둠 속에 빛을 감춰놓고, 슬픔옆에 기쁨을 대기시킵니다. 이처럼 자연은 인간 모습의 대명사이면서, 내면세계의 상형문자이기도 합니다. 하늘의 축약된 모습이고, 진실의 비밀금고이기도 합니다. 그래서 관찰일기에는 반드시 육하원칙이 따르기 마련입니다.

관찰觀察이 나의 밖의 사물을 살피는 것이라 한다면, 성찰省察은 바로 스스로의 내면을 살피는 단계가 아닐까 싶습니다. 초고를 쓰고 컴퓨터 어느 공간에 "석삼년/버려뒀던" 내용을 들여다보면서 그동안 변화를 거듭해온 또 다른 자신의 모습을 발견하고 있습니다.

한편 관찰일기란, 내가 가야 할 길과 나를 향해 다가오는 길을 살펴 찾는 것이기도 합니다. 그래서 '글'이란 곧바로 '길'의 의미와도 일치하리라 믿습니다. 「작시 2」의 텍스트를 접하면서, 관찰의 과정을 닫고

성찰의 과정을 더듬는 시인의 마음가짐을 읽을 수 있습니다.

석삼년 버려뒀던
초고를 다시 보니

죽었던
태역둥이
되살아
갸웃한 눈

혈기를 되찾으려던
침 자리가
빨갛다

-「작시 2」 전문

특히 시조 쓰기의 매력은 '알맞음'의 철학과 맞닿아 있습니다. 그 알맞음의 완성품을 우리는 자연에서 찾습니다. 삼장 육구 열두 음보에 딱 알맞은 시어(낱말)찾기가 시조 정형의 엄정성에 있다는 점입니다. "혈기를 되찾으려던/침자리가/빨갛다"에서 보듯 시조 한 편을 쓰는데 제목과 초중종장의 유기적 관계는 물론 의도된 시인의 내용전달에 딱 알맞은 낱말을 찾는데 몇 날을 뒤척여야 한다는 게 시인들이 숙명이기도 합니다. 결국 멈췄던 〈초고〉를 〈석삼년〉이 지난 다음에 꺼내 보는 시인의 모습이 오늘 독자들 머릿속에 그려지고 있습니다.

그런데 여기, 〈태역둥이〉란 제주토속어가 한 음보에 자리하고 있습니다. 유난히 무덤이 많았던 제주에는 그 무덤에 대한 용어가 다양하기 마련입니다. 출생 후 생존율이 지극히 낮았던 1950년대 당시에는 조금만 동네 밖을 벗어나면, 또 하나 갓 끊긴 목숨의 흔적이 있습니다. 바로 아기무덤입니다. 'ᄋᆞ충(아총兒塚)'이라고 일컫는 그 아기 무덤은 한두 덩이 태역(잔디)으로 마무리되어 있던…, 우리 나이 먹은 사람들만이 떠올려보는 고향의 슬픈 추억을 이 작품을 통해 만나게 됩니다.

◆ 시조 그 단아한 언어의 꽃

제주 시인이라면 누구나 노래할만한 소재가 바람과 꽃이 아닌가 싶습니다. 바람이 꽃을 피우고 그 꽃 속에서 바람은 향기를 실어 나릅니다. 한편 그 꽃과

바람의 그 숙명적 만남은 시인만이 들을 수 있는 하늘의 언어를 받아 적게 합니다.

꽃으로
보지 마라
설중매 하얀 꽃잎

혹한을 녹이는
몇 날 긴
열병 끝에

사모의
핏줄이 터져
뿜어대는
하얀 피

-「설중매」 전문

여기, 김영기 시인은 예사로운 주변의 사물을 접하면서 결코 예사로울 수 없는 삶의 기미를 포착하고 있음을 보여주고 있습니다. "혹한을 녹이는/몇 날 긴/열병 끝에"쉽게 눈에 띄는 매화나무의 하얀 꽃잎에서 "사모의/핏줄이 터져/뿜어대는/ 하얀 피"라는 결코 쉽지 않은 언어의 꽃을 피워내고 있습니다. 가장 소박한 언술인 듯하면서도 결코 소박하지 않은 전언을 그 언술 속에 감추고 있음을 알 수 있습니다.

이처럼 김영기 시인은 특히 식물이나 새 울음과 피는 꽃들의 이미지들을 적절한 색채감각과 더불어 사용하고 있어 시각적 효과를 드높이는 데 성공하고 있습니다. 단절과 소외의 모더니즘 현대사회, 그 잿빛의 시멘트 바닥을 비집고 뿌리 내리는 풀 한 포기가 더욱 소중한 시대에 개성을 잃은 채 부유하는 개인의 자존적 이유를 뒤돌아보게 합니다. 그런 현실 속에서 김영기 시인은 그래도 아직은 생명을 노래할 때라고 독자에게 당부하고 있습니다. 여기 「설중매」 한 편이 자연 속에서 온화하게 피워내는 삶의 모습을 보여줄 뿐만 아니라, 작품 저변에 타자지향의 존엄성을 읽어낼 수 있습니다.

벌어져 아름다운
석류의 속 알갱이

떨어져 은혜로운
도토리 영근 열매

남겨서 까치밥이라,
나는 무얼 내주나!

-「착한 세상」 전문

닭들에게는 미안한 이야기지만, 고서를 읽다 보면 '소원小圓'이라는 낱말을 만납니다. 닭은 평생 동안 두 치 앞의 모이만을 좇아다닙니다. 그 닭의 눈과 모이와의 간격인 두 치를 직경으로 하여 한 바퀴 돌려 그린 원의 크기가 '소원'이고 이것은 평생 지니고 다니는 닭의 정신세계의 크기인 셈입니다.

가을에는 주변 모든 곡식들이 한 해를 마무리하는 모습으로 사람을 향해 고개 숙여 있습니다. 한 해 다 가도록 아픔을 참으며 하늘과 땅에서 빚어낸 저들의 알곡과 과즙과 빛깔들이 사람을 눈물겹게 합니다.

"관상觀相은 심상보다 못하고, 심상心相은 덕행德行보다 못하다"라는 성현의 어록을 읽었던 기억이 있습니다. 표정이나 마음은 몸에 머무는 것이고, 덕행은 몸소 행하는 '실천'의 일컬음입니다.

이 작품 속에 '석류 알갱이' '도토리 열매' 또는 '까치밥' 등의 낱말이 등장합니다, 가을철 주변 나무들의 베풂을 보면서, 마치 땅바닥을 긁으면서 모이만

쫓던 우리 스스로를 돌이켜보게 하는 원로 시인의 한 마디, "나는 무얼 내주나!"가 사람을 멈칫하게 합니다.

꽃이 곱다
뽐내더냐
봐 달라고
조르더냐

곱다 밉다
좋다 궂다
사람들만
난독인걸

바람이
꽃의 경전을
분향하며
읊는다

-「거룩한 경전」 전문

사람의 실천력이 여타 동식물에 비해 열등한 이유는 무엇일까 생각해봅니다. 그것은 지능과 사고력을 소유하고 있기 때문이 아닐까 싶습니다. 지능과 사고력이 발달하고 복잡해질수록 오히려 실천 의지를 결정하는 데 많은 시간이 소요되기 마련입니다. "곱다 밉다/좋다 궂다/사람들만/난독인 걸"이처럼 지능과 사고는 단순성을 경멸하려는 속성이 있기 마련입니다. 인간 특유의 사변적 경향은 가끔 선善으로 향하려는 행위조차도 그 속도를 늦추게 해버리고 맙니다.

지구상에 존재하는 모든 사람들의 입체적 사고의 결과가 과연 저들 초목들의 평면적 실천 능력을 능가할 수 있을까 생각하게 하는 시대에 우리는 살고 있습니다. 여기에 시인은 "바람이/꽃의 경전을/분향…"한다며 「거룩한 경전」이라는 제목으로 후대들에게 그 대안을 모색토록 하고 있습니다.

◆ 시인의 중심개념

시인은 먹기 위해 살지 않고 시 쓰기 위해 먹습니다. 살기 위해 먹는가?, 먹기 위해 사는가? '살기'와 '먹기'의 두 개의 낱말은 곧 목적과 목표로 가름되기 마련입니다. 생각이 여기까지 미칠 때면, 김상용의 시 「남으로 창을 내겠소」를 다시 펼쳐봅니다. 그 중 맨 나중 "왜 사느냐 물으면/그냥 웃지요"라는 마지막

코멘트에 한 방 얻어맞습니다. 여기에 "왜"와 "웃지"에 방점이 찍히면서 그럼 내 삶의 목적이 뭐냐고 자문했을 때 그냥 "픽!" 웃어넘길 수밖에 없는 자아를 읽습니다. 〈꿈〉 또는 〈목표〉라는 말이 여기저기 넘쳐나면서도 〈목적〉 즉 〈왜?!〉이라는 낱말(질문) 앞에서는 호지부지 꼬리를 낮춰버리는 모습이 현대사회의 민낯이 아닐까 싶습니다. 그런데 여기, 따끔하게 다가오는 시조 한 편을 읽습니다.

나뭇잎 흔들림은
바람이 있기 때문

내 마음 흔들렸음
그대가 없기 때문

님 사랑
중심에 있어
난 미동도
없어라

-「흔들림에 대하여」 전문

"나에게 진리가 되는 신념이란 내 능력을 최대로

활용하고, 그것을 행동으로 옮겨 최고의 의미를 얻는 것"이라고 문학의 여러 가능성을 위해 다양한 실험을 시도한 『좁은 문』의 프랑스 작가 앙드레 지드가 말하고 있습니다. 여기 「흔들림에 대하여」에서 김영기 시인은 먼저 흔들림이 '바람'과 '그대가 없기 때문'이라고 그 이유를 대고 있습니다. 이것이야말로 "미동도 없"는 시인의 중심개념을 설파하기 위해 깔아놓은 전제 장치임을 알게 됩니다. 바로 "님 사랑/중심에 있"음이라는 시인의 확고한 신념이 아닌가 싶습니다. 그렇다면 '님'이라는 목적어의 주인이 누구(무엇)일까요? 결국 시인의 중심개념이 시를 쓰는 행위라고 필자는 믿고 싶습니다. 시인의 삶의 목적은 바로 시를 쓰기 위함이 아닐까, 조심스레 덧붙이면서.

◆ 서사로 흐르는 시인의 강물

시조는 말 그대로 그 시대를 살아가는 사람들의 노래입니다. 그래서 이 시조집 제4부에는 한 시대에 직접 간접으로 체험한 풍물이나 시대의 사건 사고들에 대한 시인 나름의 인식을 시조 형식으로 옮겨놓으면서, 우리 독자들에게 크고 작은 기억들을 되살려주고 있습니다.

목숨을 건 간절함은
바다의 기도였고

밭은 숨 참아냄은
땅 위의 사랑이리

그 장경
숨으로 읽는
숨비기가
파랗다

「숨, 숨비」 전문

멀리서 바라보면 지옥도 천당처럼 아름답게 보입니다. 강 건너 불을 보면 불난 집이 마치 꽃송이처럼 보입니다. 불후의 대중가요 남인수의 〈서귀포 칠십리〉에 "휘파람도 그리워라 쌍돛대도 그리워"라는 노랫말이 있습니다. 이 노래에 실리는 '휘파람'과 '쌍돛대'는 자칫 아름다운 서귀포 풍광으로 오해할지 모릅니다.

그런데, 해녀들이 열길 물속까지 들어가 바위틈을

뒤지면서 해산물을 따고, 물 위로 솟구칠 때까지 적어도 2분 가까이 숨을 참아야 합니다. 거의 심폐기능이 정지하기 직전까지 참았다 터뜨리는 폭발성 숨소리가 휘파람 소리가 아닌 바로 '숨비소리'입니다. 여기에 "저승길은 조반 전 길이여"라는 뼈아픈 제주민요 노랫말이 자연스럽게 흘러나오게 된 것입니다. "그 장경/숨으로 읽는/숨비기가/파랗다"라며 바다와 육지의 접점 자갈밭에 엎디어 뻗어가는 '숨비기'의 파란 꽃을 이곳에 옮겨놓고 있습니다. 결국 이미지, 리듬, 시적 어조 등을 드러내면서도 각 어휘가 지닌 음가를 조절하면서 음악성까지 감지토록 하고 있습니다.

백목련 저리 지는데
끝내 오지 않는 그대

꽃바람 멍든 자리
다시 피운 자목련

팽목항
바닷길 향해
가슴마다 켜 논 촛불

-「목련은 피고 지고」 전문

2014년 4월 16일 백목련이 다 지고 다시 자목련이 한창인 때 안산시 단원고등학교 학생들 중심으로 476명을 태운 인천발 제주행 여객선 세월호가 맹골수로에 침몰하면서 304명의 목숨이 진도 팽목항 바닷길에 희생된 아픔을 표현한 작품입니다. "백목련 저리 지는데/끝내 오지 않는…" 그 원혼들을 기다리다 "꽃바람 멍든 자리"에 다시 자목련이 피었습니다. 그 자목련 송이 송이가 마치 팽목항에 마련된 빈소에 "켜 논 촛불"로 그려지고 있습니다. 더구나 희생자 대부분이 제주를 찾아오는 학생들이었기에, 우리 제주 사람들의 아픔이 더 컸던 기억을 되살려주고 있습니다.

김영기 시인의 텍스트는 이처럼 언어를 아껴 쓰면서 이미지, 리듬, 시적 어조 등을 드러냄에 있어 서도 각 어휘가 지닌 음가를 고려하여 적절히 배치하고 음절수를 조절하면서 음악성을 느낄 수 있게 하고 있습니다.

통째로
떨어져서
땅 위에

두 번 피고

그리는
가슴마다
멍으로
세 번 핀다

추념일
눈물의 배지
그대 향한
동백꽃

-「피고 진다」 전문

꽃은 아름답지만, 그 아름다움의 속내에는 저마다 슬픈 소리를 감추고 있습니다. 동백꽃 속에 감추어진 그토록 슬픈 4 · 3의 조종弔鐘소리가 여기 김영기 시인의 짧은 시조의 행간에 울려 퍼지고 있습니다.

11월부터 피기 시작한 제주 토종 동백은 사월이 돼서야 그 마지막 송이를 내립니다. 나무에서 피었던 동백꽃은 "통째로/떨어져서/땅 위에/두 번 피고//그리는/가슴마다/멍으로 세 번 핀다" 이처럼 사월이면 제주사람들 가슴엔 "추념일/눈물의 배지"의 동백꽃이 다시 핍니다.

◆ 시조, 그 읽기와 읽어내기

중세 영국의 철학자이자 프란체스코 수도회 수사였던 위리엄 오컴은, "가장 단순한 설명이 가장 훌륭한 설명"이라 했습니다. 이는 당시 사제들이 자신들의 성스러운 마법을 일반 평신도들에게 쉽게 따라하지 못하도록 의도적으로 어렵게 만들던 형태를 비판한 글입니다. 이 말은 어쩌면 요즘 시조 쓰는 우리에게 아니 글 쓰는 사람들에 대한 일종의 비아냥이나 충고가 포함되어 있는 것 같습니다.

한 권의 저서는 그 저자의 생의 한 매듭 또는 사다리나 징검돌과 같습니다. 여름철 가까운 숲에 들어 찬찬히 보면 가끔 어느 파충류가 벗어놓은 흰 껍질을 볼 수 있을 겁니다. 껍질을 벗어야 생명을 지켜낼 수 있다는 것을 뱀에게서 배웁니다.

시집을 내고 한 살을 더 먹는다는 것은 곧바로 껍질을 한 번 더 벗는 것이며 그만큼 새로워진다는 정신의 모습입니다.

세월은 성숙과 노련함을 시인에게 요구합니다. 긴 시력詩歷을 지닌 김영기 시인이 여기에 물기 마르고

뼈만 앙상하게 드러나면서 쇠약해지는 육체에 의지하며 깊어지는 사유를 표현하고 있습니다. 팔순의 연세에도 희망을 저버리지 않고 미래지향의 자취를 옮기시는 모습이 존경스럽습니다.

또 하나, 단시조는 시조의 원형이면서 정수임엔 틀림없습니다. 우리의 기억 속에 안착해 있는 시조들은 대체로 단수들이라는 점에서. 김영기 시인이 꺼내든 단시조의 카드는 갖가지 혼란 속에 보다 간결함을 요구하는 시대정신과 일치한다는 점에서 바람직한 조치가 아닐까 싶습니다.

『아름다운 거짓말』이란 표제의 시조집에 실려 있는 작품들은 별도의 해설 없이도 대부분이 읽어서 소화할 수 있는 내용들입니다. 그런데 뜻밖에도, 일반 독자들의 경우 시조 읽기의 어려움을 호소하는 경우가 많습니다. 시조 형식 자체가 3-4 3-4, 3-4 3-4, 3-5-4-3이라는 음수나 음보에 맞춰 읽을 때라야만 내용과 형식의 조화로움을 함께 맛볼 수 있게 됩니다. 이런 점을 고려해서 김영기 시인의 단시조에 음보 별 행갈이를 했던 것으로 짐작됩니다. 시 특히 시조는 소리 내어 읽을 때라야만 내용의 '결'과 형식의 '리듬'이 일치할 수 있다는 점을 귀띔해둡니다.

이 시집 해설 요구를 몇 차례 고사했음을 고백합니다. 인생 삶의 깊이나 필자의 비문학적 일천 함에서 선생님의 작품 해설을 쓸만한 위치에 있지 않기 때문입니다. 자칫 이 모자란 해설이 작품 이해에 누가 되지 않았을까 조심스럽다는 점도 고백합니다.

모쪼록 아동문학에서 출발하여 반세기가 훨씬 넘는 문학 말년에 이르면서, 비로소 시조 속에 아름답게 단풍 드는 원로 시인의 작품 감상이 즐거웠습니다.

내내 선생님의 건안 · 건필을 기원합니다.

아름다운 거짓말

김영기 시조집

초판인쇄 2022년 7월 11일
초판발행 2022년 7월 19일

지 은 이 김영기
펴 낸 이 노용제
펴 낸 곳 정은출판

주 소 서울특별시 중구 창경궁로 1길 29 (3F)
전 화 02-2272-9280
팩 스 02-2277-1350
이메일 rossjw@hanmail.net
홈페이지 www.je-books. com

ISBN 978-89-5824-025-9 (03810)

값 12,000원

* 잘못된 책은 바꾸어 드립니다.
* 이 책은 제주특별자치도와 제주문화예술재단의 2022년도
제주문화예술지원사업 후원을 받아 발간되었습니다.